Marie DE CHAMPMILAN

Vers la Lumière

POËMES

MOULINS

CRÉPIN-LEBLOND, IMPRIMEUR-ÉDITEUR

1928

VERS LA LUMIÈRE

Marie DE CHAMPMILAN

Vers la Lumière

POËMES

MOULINS
CRÉPIN-LEBLOND, IMPRIMEUR-ÉDITEUR
1928

ÉVÊCHÉ

DE

MOULINS

Moulins, *le 29 février 1928.*

Madame

Un recueil de poésies, et intitulé « Vers la Lumière », n'est-ce point une gageure pour une époque aussi réaliste que la nôtre et alors que l'horizon est si bas !

Je me le demandais en ouvrant votre manuscrit.

Cependant, j'ai commencé à lire, curieux; j'ai continué, intéressé ; j'ai fini, très doucement impressionné.

Etait-ce la frappe excellente de vos vers qui me subjuguait, leur harmonie impeccable qui me charmait ?

Peut-être !

A la réflexion, j'ai saisi que, plus encore, je m'étais laissé prendre par la profondeur des pensées qu'ils expriment, l'orientation idéale de leur direction, le parfum pieux qui s'en émane.

J'ai conclu que vos pages ont voulu accomplir un apostolat et qu'elles y réussiront.

C'est pourquoi, je veux vous remercier de les avoir
écrites et souhaiter que, par elles, un très grand nombre
d'âmes soient poussées « vers la Lumière ».

Veuillez agréer, Madame, l'hommage de mon religieux
respect.

✝ *AUGUSTIN*,

Evêque de Moulins.

Ah ! ne brisez pas la lyre ! prenez-la
des mains du poète aveugle et
chantez sur elle le nom, les bienfaits et la gloire du Dieu visible.
Chantez, la terre vous écoute et le
ciel vous répond.

LACORDAIRE.

VERS LA LUMIÈRE

« Pourquoi, mon âme, es-tu triste
et pourquoi me troubles-tu ? »
(Ps. XLII, verset V.)

J E marchais seule, un soir, dans la nuit froide et grise,
  Portant un lourd fardeau d'angoisse et de regrets,
Quand j'entendis l'appel divin, si plein d'attraits
Qu'il dissipa, de l'ombre, une mortelle emprise.

O lumière vivante, esprit de vérité !
Par toi l'âme renaît, le cœur se purifie,
Tout acte devient bon, utile et sanctifie,
Et l'orphelin d'hier n'est plus déshérité.

Vous pouvez éclairer la plus humble demeure,
Pâles flambeaux d'amour et de bonheur humain,
Vous brillez un instant dans notre faible main,
Mais la flamme est souvent un mirage qui leurre.

Il nous faut le soleil du céleste séjour,
Qui féconde le champ et mûrit la récolte.
L'univers obéit à sa loi sans révolte.
L'homme qui l'a trouvé comprend, de Dieu, l'amour ;

Cet amour est la source où renaît son courage,
Près de Vous, ô Jésus ! et la douleur, en vain,
Brise sa volonté ; de votre Cœur divin,
Rayonne le pardon qui détruit l'esclavage ;

Il évite le mal et peut faire le bien,
Car il trouve, Seigneur, au seuil de votre Eglise,
Loin des sables mouvants où la raison s'enlise,
Une source inconnue à l'âme du païen ;

Je m'en approche et vois que les saints et les anges
Puisent dans cette eau pure, au cours illimité,
Profond et lumineux, une félicité
Qui les porte à chanter, du vrai Dieu, les louanges.

Quand Jésus-Christ parut, la terre s'éclaira :
« J'apporte, disait-Il, le feu pour qu'elle brûle,
« Si, dans cet incendie, un monde ancien s'annule,
« De cet amour nouveau, le monde renaîtra. »

Et dans l'embrasement de la naissante aurore,
Dans sa chaude lumière et sa pure clarté,
Le monstrueux orgueil humain fut écarté
De la route bénie où le chrétien adore ;

L'âme fut révélée en toute sa splendeur,
Immortelle et divine, épouse et souveraine,
Unie au Roi du ciel, elle entre dans l'arène,
Brebis victorieuse, elle est au bon Pasteur !

Au terme du voyage et sans aucun mérite,
Je regarde Celui qui, seul, fait oublier
Les tragiques départs, les vides du foyer,
La douleur de rester quand les morts vont si vite.

L'ARBRE DE VIE

(VICTOR HUGO, *Ode à M. de Lamartine.*)

L'ARBRE de vie aux fruits amers,
   M'a, dans son ombre, enveloppée,
Les flots tumultueux des mers
Chantent leur triste mélopée ;

Les fruits cueillis ont la saveur
Des larmes profondes ou brèves,
Et nos larmes ont la valeur
Des vagues mourant sur les grèves ;

Le vent d'automne a dépouillé
L'arbre vigoureux plein de sève,
Sous le poids des neiges, plié,
Le roseau vit son dernier rêve ;

L'un et l'autre attendent la fin
De l'hiver et de la tempête,
Pour vivre et refleurir enfin
Au printemps, dans sa douce fête,

Et l'homme, dont le cœur meurtri
N'a plus d'espérance en ce monde,
Lève son regard attendri
Vers le ciel où la joie abonde.

Dieu nous forma d'obscurs limons,
Mais son souffle anima notre âme ;
Il nous bénit, quand nous l'aimons
Et brûlons d'une chaste flamme.

Chantons ! Oublions de pleurer,
Pour combattre, il nous faut des armes,
D'espoirs fous, il faut se leurrer
Dans la sombre cité des larmes ;

Il faut semer dans le désert,
Moissonner sur un sol aride,
Etre le convive disert,
Au regard clair, au front sans ride ;

Apporter la joie en tout lieu,
Chanter l'amour, être poète,
Annoncer le règne de Dieu
Comme un martyr, comme un prophète.

Soldats de la vie : En avant !
Dans la joie ou dans la tristesse,
Domptez la mort en la bravant,
Pauvres humains, foule en détresse ;

Au frais matin, déjà, j'entends
Le coup qui frappe et qui mutile,
Maîtresse de l'heure et du temps,
Nul n'échappe à son geste hostile ;

Quand s'avance l'ombre du soir,
Sur notre vie ou notre rêve,
Comme un parfum de l'encensoir,
La prière du cœur s'élève ;

Du cher passé l'écho lointain
A fait encor vibrer ma lyre ;
Au livre fermé du destin,
Aurai-je une autre page à lire ?

L'arbre de vie aux fruits amers,
M'a, dans son ombre, enveloppée,
Les flots tumultueux des mers,
Chantent leur triste mélopée.

JUILLET EN FLEURS

LE soleil de juillet brille de tous ses ors,
La terre resplendit, la nature est en fête ;
Je dois perdre aujourd'hui le plus cher des trésors ;
La mort qui vient frapper mon bien-aimé s'apprête ;

La terre resplendit, la nature est en fête,
Tout respire l'amour, dans les bosquets ombreux ;
La mort qui vient frapper mon bien-aimé s'apprête,
J'entends ses derniers mots profonds et douloureux ;

Tout respire l'amour dans les bosquets ombreux,
Des chants, parmi des fleurs protègent la couvée ;
J'entends ses derniers mots profonds et douloureux,
Je tressaille toujours de l'angoisse éprouvée.

Des chants, parmi des fleurs protègent la couvée,
Sous les ombrages verts et touffus du grand parc ;
Je tressaille toujours de l'angoisse éprouvée
Quand, sur un front chéri, la mort banda son arc.

Sous les ombrages verts et touffus du grand parc,
Un orchestre élégant joue une symphonie ;
Quand, sur un front chéri, la mort banda son arc,
La fin de notre amour me fut une agonie.

Un orchestre élégant joue une symphonie,
La foule aime les arts et comprend la beauté ;
La fin de notre amour me fut une agonie,
Dieu seul, du souvenir, connaît la cruauté ;

La foule aime les arts et comprend la beauté,
Beauté de l'art ancien, de la nature neuve ;
Dieu seul, du souvenir, connaît la cruauté,
Rien n'allège le poids de mes voiles de veuve ;

Beauté de l'art ancien, de la nature neuve,
Tout nous révèle Dieu, sa beauté, sa splendeur ;
Rien n'allège le poids de mes voiles de veuve,
Je mets aux pieds du Christ ma profonde douleur ;

Tout nous révèle Dieu, sa beauté, sa splendeur,
Chantons et son amour et sa gloire infinie,
Je mets aux pieds du Christ ma profonde douleur,
Contre le désespoir, je me suis prémunie ;

Chantons et son amour et sa gloire infinie,
Les vivantes moissons, les somptueux décors,
Contre le désespoir, je me suis prémunie,
Le soleil de juillet brille de tous ses ors !

LES CROIX FÉCONDES

« Ce signe de la croix sera dans le ciel
lorsque le Seigneur viendra pour juger. »
(Saint MATHIEU, XXIV-30.)

MUSE, prosternons-nous en regardant passer
La grande ombre du Christ qui domine les mondes ;
L'âme pleine d'amour, chantons, sans nous lasser,

Les bienfaits de sa croix et de sa mort fécondes,
Glorieuse Victime, à tes pieds, allons voir,
Dans la pourpre du sang, l'empire que tu fondes,

L'empire de la paix, de l'amour, du devoir ;
Le calvaire est l'autel où s'immole notre âme,
Par l'abandon joyeux à ton divin vouloir,

C'est le bûcher d'où sort, vivante, de la flamme,
L'Espérance en brisant l'étreinte de la mort,
Du doute, de l'orgueil, de toute chaîne infâme ;

Extase du martyr sous la dent qui le mord,
Sourire du héros partant à l'aventure,
Au-devant d'un péril sans nom, sans réconfort,

Vous êtes le reflet, dans votre gloire obscure,
Du grand geste d'un Dieu, vous êtes la moisson
Qui sauve de la faim l'humanité future.

Meurs donc, jeune héros ! comme un nouveau Samson,
Renverse la colonne épaisse de ce temple
Où, du mal écrasé, ta vie est la rançon ;

Ton âme, dans l'azur, en s'élevant contemple
Ce grand mystère humain de la rédemption ;
Ton cercueil est étroit, mais ton linceul est ample,

C'est un manteau splendide, où le Roi de Sion
A brodé ses couleurs, sa couronne et ses armes,
Les épines, les clous, fleurs de la passion !

Debout près de la croix, oublions nos alarmes,
Gardons, pour nos enfants, la force de chanter,
De sourire à travers l'amertume des larmes !

Sur le front, à la hâte, on a dû vous planter,
Sublimes croix de bois ! pieux et cher emblème ;
Le formidable choc devait ensanglanter

Pendant quatre ans le sol ; l'infâme stratagème
Du lâche est dévoilé par les soldats vaillants,
Résolus à mourir en vainqueurs ! Ce problème,

Inscrit dans la tranchée en signes trop brillants,
Comme une claire aurore illumine la plaine ;
C'est ta devise, ô Christ, celle de tes croyants ;

Et les fils de la nuit, les enfants de la haine
Reculèrent un soir. O Kaiser allemand !
Ta couronne tomba, de boue et de sang pleine.

Pauvres petites croix, de bois tout simplement,
Fécondez l'avenir, rayonnez sur la France,
Vous êtes l'immortel, le premier monument

De son effort sublime et de son espérance !

LA MAISON DE MON PÈRE

Dε douleur épuisée, errante et solitaire,
Je vis, de loin, briller la maison de mon Père ;
Comme une étoile, au bord du ciel, à l'horizon,
Une lampe éclairait l'ombre de la maison.

J'étais partie un jour pour conquérir la terre,
Et je revenais, lasse, éprise du mystère,
De force et de beauté, dans cette ombre caché,
Mystère où le salut est toujours attaché.

Dans les chemins suivis, loin de la belle route,
J'ai rencontré des fous, des âmes en déroute,
Dont les discours subtils arrêtaient mon essor ;
J'ai vu rire l'idole auprès de son trésor :

L'orgueil, la volupté, l'ambition terrestre
Qui ferment, de nos cœurs, la porte et la fenestre,
Mettent le voile obscur devant l'astre infini
Et détournent nos cœurs du seul amour béni.

On croit toujours voguer sur la mer azurée,
Mais toute joie humaine est de courte durée ;
Un jour, l'orage éclate et le terrible éclair
Montre l'abîme où meurt et s'engloutit la chair.

L'âme, régénérée, est alors reconquise
Par le Dieu tout puissant, dont la tendresse exquise
Nous cherche et nous attend, malgré tous nos détours,
Pour nous ouvrir ses bras, dans nos tardifs retours.

De fatigue épuisée, errante et solitaire,
Je vois, devant mes pas, la maison de mon Père,
Ouvrir sa porte sainte, à toute heure du jour
Et m'offrir, de mon Dieu, le pardon et l'amour ;

Il me donne des sœurs, des enfants et des frères,
Des anges et des saints ; ô toi qui désespères,
Viens chercher un accueil fraternel, un soutien,
Dans la maison où vit l'âme du vrai chrétien.

Sous ta voûte sacrée, église, ô saint calvaire,
Jésus meurt chaque jour pour vaincre l'adversaire ;
La parole inspirée ébranle tes vieux murs,
Pour nous rendre fervents, charitables et purs.

Que votre volonté, Père des cieux, soit faite,
Vous aimer, vous bénir, devient ma seule fête ;
Dans le chemin tracé, par la croix, dans l'exil,
Près de votre maison, aucun geste n'est vil ;

Là, règnent la beauté, la paix et l'espérance
Qui rendent l'âme claire et calment la souffrance,
Et, couronnant nos fronts d'un rayon de soleil,
Ont fait le crépuscule à l'aurore pareil.

AU PRINTEMPS

J'AIME la Volonté qui régit l'univers,
    L'éternel Créateur, source de la beauté,
L'amour qui donne à l'homme, incrédule et pervers,
    L'espérance et la vérité.

J'adore la Bonté qui, sans compter, dispense
Ses parfums à la rose, au ciel pur sa couleur,
Son sourire et sa grâce ingénue à l'enfance,
    Au joyeux printemps, sa douceur ;

De la pourpre royale et de l'or et des roses,
A l'aurore indécise, au radieux couchant,
Des rires, des chansons, aux fenêtres mi-closes,
    Aux cœurs, le mystère touchant.

A l'aube, un clair rayon dissipe la bruine,
Les neiges de l'hiver préparent le printemps,
Au soir, le lierre frais recouvre la ruine,
    J'adore, j'espère et j'attends.

Dans l'abîme de l'ombre et l'émouvant silence,
Sous les reflets d'argent de la lune qui luit,
S'élève fraîche et pure et retombe en cadence,
    La voix du chantre de la nuit.

Tout est calme et douceur, reposante harmonie,
Vision bienfaisante et chaste volupté,
C'est l'ordre et le secret de Dieu, force infinie
    Qui gouverne par la bonté.

    Dans l'herbe fraîche et sur les branches,
        Cigales et grillons chantaient,
    Admirant les fleurettes blanches
    Dans l'herbe fraîche et sur les branches,
    Dans l'étang bleu, sautaient les tanches,
        Fillettes et garçons riaient,
    Dans l'herbe fraîche et sur les branches,
        Pinsons, alouettes chantaient.

LES AILES DE LA CROIX

« La croix du chrétien est ailée. »
(Saint AUGUSTIN.)

DES ailes autour de la croix,
     Ainsi que d'angéliques voix,
Font oublier la peine amère ;
La joie, au sourire éphémère,
Est, du ciel, un présent de choix.

Tous les hommes, pauvres ou rois,
Peuvent être un jour aux abois,
Il faut, à l'humaine misère,
          Des ailes !

Et pour chanter les doux émois
Du printemps, après les grands froids,
Nous n'irons pas jusqu'à Cythère ;
En prenant la lyre d'Homère,
Demandons, au lieu d'un carquois,
          Des ailes !

DANS LE DÉSERT

> « Le Seigneur est le protecteur de ma vie
> qui me pourra faire trembler ? »
>
> (PS. XXII, Verset IV.)

L'HOMME est un grain de sable en l'orage emporté,
Dans le cyclone en feu, le tourbillon perfide,
Il peut rester un jour suspendu dans le vide,
Loin du secours humain, par la mort escorté,
Au-dessus du désert, du grand désert aride ;

Quand l'ouragan s'apaise, il retombe meurtri ;
Tout chancelant encor de cette horrible course,
Pour vivre, il doit chercher, au désert, une source ;
Mais, dans ce grand espace où tout est mort, flétri,
Comment trouvera-t-il cette unique ressource ?

Sur le sable brûlant, uni comme un linceul,
Il aperçoit des pas : ce mystère l'enivre,

Il retrouve la force et le désir de vivre ;
Devant lui, marche un homme, il sent qu'il n'est plus seul,
La trace est lumineuse, il va pouvoir la suivre.

Ces pas sont toujours frais, arrosés de ton sang,
O Jésus ! Homme-Dieu, ton sang que rien n'efface,
L'homme sincère et juste a vu ta sainte face ;
Par son âme blessée ou son cœur gémissant,
Il est ton frère, ô Christ, issu de même race.

Devenu courageux, il ose regarder,
Du désert menaçant, cet inconnu farouche,
Ces lions rugissants dont l'haleine le touche ;
Il doit marcher et fuir, sans jamais s'attarder
Et sans cueillir le fruit, la fleur au parfum louche.

Au bord d'un lac de rêve et qui lentement fuit,
Se reflètent soudain de beaux et frais ombrages,
Supplice du désert, source de folles rages,
Pour l'homme qui va seul, loin du monde et du bruit,
Trompé par ces cruels, ces décevants mirages.

Il entend, dans la nuit, l'aigre cri du chacal,
Il voit se dérouler, brillants au clair de lune,

Les sinistres anneaux du serpent de la dune ;
Mais un astre, nouveau signe zodiacal,
Brille dans le désert, sur l'immense infortune,

Guidant le naufragé vers la claire oasis,
Où s'apaisent la soif, la fatigue et le doute,
Dans l'éblouissement de ces pas sur la route ;
Et les cultes païens, de Vénus et d'Isis,
Viennent s'anéantir dans la sainte redoute.

Seule, une croix se dresse, inévitable écueil,
Jésus est pauvre, il souffre, il meurt, il n'est qu'un homme ;
Mais il est tout amour et toute force comme
Un Dieu ! dans la bonté, l'attrait de son accueil,
Le mortel voit un frère et dans son cœur le nomme ;

Le mortel voit son Dieu, dont l'amour infini
A guéri toute plaie et séché toute larme ;
Qui donne, à la douleur même, puissance et charme
Et, vainqueur de la mort, veut lui rester uni
Dans le premier combat et la dernière alarme.

LA VOIE SACRÉE

Pour la foule et le jour, ta voix est trop sublime !
Réserve à la douleur tes airs les plus touchants ;
N'exhale qu'à ton Dieu le souffle qui t'anime ;
La plainte et la prière ont inventé les chants.
(LAMARTINE, 3ᵉ Harm onie.)

Sur la route sacrée, unique et large voie,
  Je marche à la lueur tremblante des flambeaux ;
Bordée à l'infini de cyprès, de tombeaux,
Elle apparaît, de loin, ténébreuse et sans joie ;

Mais l'ombre a ses rayons, il faut que j'entrevoie,
Du grand ciel lumineux, de clairs et purs lambeaux ;
Tandis que passe un vol de rapaces corbeaux,
Dieu veut que le soleil dore une fleur de soie.

Cette divine voie, éternelle Beauté,
Par votre ordre, conduit l'homme à la royauté
De la douleur, les saints en forment le cortège ;

Vous donnez, seul, ô Christ, à vos imitateurs,
La force de construire un abri qui protège
Et fait s'épanouir, de la bonté, les fleurs.

FLEURS ET PARFUMS DU SANCTUAIRE

J E voudrais, mon Jésus, comme les saintes femmes,
  Embaumer cet asile et ce tombeau sacré,
Où vous vous immolez pour délivrer nos âmes,
Apporter des encens, des myrrhes, des dictames
      Et votre parfum préféré.

J'ai cueilli les beaux lys, les œillets et les roses,
Les feuillages brillants et les plus humbles fleurs,
J'ai mis la rime altière aux frémissantes proses ;
Et, près de Vous, j'ai vu, de loin, toutes ces choses,
      A travers la brume des pleurs.

J'avais cru, cependant, mon âme toute pleine
De cet ardent amour qui fait tout oublier ;
J'avais cru vous porter l'urne de Madeleine
Et le parfum céleste, embaumant son haleine,
      Quand elle vint s'humilier.

Je vois que je n'ai rien et que mes mains sont vides,
Vides de tout parfum et de toute beauté ;
Ce que je cherche en vain, de mes regards avides,
C'est la perle, la fleur qui, des grèves arides,
     Enlèvera la nullité.

Je n'ai pas su vous suivre, ainsi que Véronique,
Mettre un voile entre Vous et vos pires bourreaux :
Le doute inconscient, le sourire ironique,
Une parole impie ou le blasphème inique,
     Vous couvrant de vils oripeaux.

Vous parcourez toujours ce chemin du calvaire,
Sans vous plaindre, Seigneur, ni Vous lasser jamais,
Nous le trouvons, pour nous, bien dur et bien sévère,
Mais c'est la route sûre et, souvent, moins amère
     Que toutes celles que j'aimais.

Les parfums répandus, les fleurs que j'ai semées,
Devant tous les faux dieux, les idoles d'un jour,
Se sont évanouis, ainsi que des fumées,
Comme, dans la déroute et la fin des armées,
     Chaque soldat fuit sans retour.

Je n'aï plus rien à moi que cette humble prière,
Que je dis, en chantant, devant les froids tombeaux ;
Je m'approche, Seigneur, de la pure lumière
Qui brille doucement au fond du sanctuaire,
            Perle des océans nouveaux.

LA MAISON DES AMIS

La seule lyre douce
L'ennui des cœurs repousse
Et va l'esprit flattant
De l'écoutant.
(Pierre DE RONSARD.)

LA maison, jolie et discrète
A l'ombre des grands marronniers,
Pour m'accueillir est toujours prête,
Avec des rires printaniers.

Mes amis ont cette jeunesse
Qui vient des cœurs tendres et bons ;
Auprès d'eux, mon âme en liesse
Peut goûter les vrais abandons.

Le cœur s'ouvre et l'esprit s'élève,
Nous parlons de tout et de rien ;
La jeune fille est mon élève,
Dit-elle, si je le veux bien.

C'est à l'heure crépusculaire,
Où je passe et viens m'abriter,
Dans la maison sereine et claire
Que les saints viennent visiter ;

Leurs pas sont marqués sur la route
Et la porte, par Dieu bénie,
S'ouvre au pauvre cœur en déroute,
Offrant la céleste harmonie.

L'AME ELUE

T OURTERELLE,
   Sous son aile,
Elle dort :
C'est la mort !

Jésus veille,
O merveille !
L'attirant,
Il la prend

Et l'emporte,
Demi-morte,
Au saint lieu,
Devant Dieu ;

Et ravie,
De la vie

S'enfuyant,
En priant,

Dans l'ivresse
Elle presse,
Sur son cœur,
Le vainqueur ;

C'est la voie,
De la joie,
C'est le jour,
De l'amour !

Chère Muse
Qui s'amuse,
En rimant
Follement,

Au passage
D'un nuage,
Dans l'azur
D'un ciel pur,

Vois, des anges,
Les phalanges,

Purs esprits,
Cœurs contrits,

Des mystères,
Très austères,
Ou l'élu,
Seul, a lu ;

Vois la gloire,
La victoire,
De Jésus,
Au-dessus

De la haine,
Que déchaîne
Lucifer,
Tout l'enfer;

Dans l'espace
Où tout passe,
Où tout meurt,
Sous le heurt

Du sauvage
Etalage

Du plaisir,
Vil désir ;

Ton céleste
Chant de geste,
Infini,
Est béni ;

Chaste lyre,
Saint délire,
Clair miroir,
Tu fais voir

De la Bible
Invincible,
Les récits
Très précis,

Les paroles,
Paraboles
Et la loi
Du grand Roi !

AU JARDIN DE MARIE

C'est un beau jardin clos, planté d'arbres très rares,
  Où les oiseaux du ciel, en chantant, font leurs nids,
Tout vibrant de soleil, de joyeuses fanfares
Et du charme divin des rêves infinis ;

Sur terre, la pensée et l'humble violette
Fleurissent près d'un arbre offrant les plus beaux fruits ;
Dans la douce rosée, elles font leur toilette,
Loin de tous les regards et de tous les faux bruits ;

Mais un très doux parfum montant dans le feuillage,
Soulevé par la brise enivrante du soir,
Révèle leur présence, ainsi qu'un fin nuage
D'encens, devant l'autel, indique l'encensoir.

Devant l'horizon clair, au bord de la prairie,
L'abeille, en bourdonnant, récolte le doux miel,

Les arbres et les fleurs chantent l'hymne à Marie,
Les anges vont cueillir les fruits murs pour le ciel ;

Au jardin de la Vierge, on chante, on aime, on prie,
Dans la chaude clarté des étés finissants,
Dans le couchant, doré comme une allégorie,
Illuminant le ciel de ses roses puissants.

L'ange qui revenait d'un séjour sur la terre,
Offrit à Dieu les fruits, les parfums et le miel :
« Les fruits sont beaux, dit-Il, mais la fleur solitaire
« Mêle à mes sucs divins, de ses larmes, le fiel ;

« Les arbres sont à moi, j'en reconnais l'essence
« Et je les ai plantés aux rives des torrents ;
« La fleur, dans la tempête, a vu la renaissance,
« Qu'elle songe à l'espoir du ciel que je lui rends. »

Et Jésus se pencha sur une balustrade,
Pour regarder très bas, comme Il le fait souvent,
La violette osa chanter la sérénade,
Au refrain pathétique et toujours émouvant :

« J'avais faim, j'avais froid, j'étais seule en ce monde
« Et j'errais sans appui, sans but et sans foyer,
« Quand je vis ce jardin, dans la plaine féconde,
« Ces arbres protecteurs, prêts à s'apitoyer,

« Je contemplai, Seigneur, leur cime droite et claire
« Qui chante votre gloire et sa beauté me prit ;
« Je sentis, en mon cœur, la grâce salutaire
« Calmer tous mes regrets, soulever mon esprit ;

« La pauvre fleur des bois, sûre d'être comprise,
« Donna miel et parfum, sourires et chansons,
« Pour monter jusqu'à Vous, elle accepta l'emprise
« De vos grands panetiers et de vos échansons ;

« Ils trouvent la beauté, même dans la faiblesse,
« Leurs cœurs savent toujours plaindre, sans mépriser ;
« Ils écoutent les cris de joie ou de détresse
« De l'âme, cette fleur qu'un souffle peut briser. »

Au jardin de Marie, une fraîche rosée
Tombe, sur toute fleur, du divin réservoir
Et c'est la vie ; un soir, vers la rive opposée,
L'une s'effeuille et dit, simplement : au revoir !

VIENS ET REPOSE-TOI

« Dans cette paix, je dormirai
et je me reposerai. »
(Ps. IV 'v. 9.)

Seigneur, vous avez dit, avec quelle puissance,
    A mon cœur solitaire et brisé : « Viens à moi,
« Je sais, de la douleur, le mystère et l'essence,
        Viens et repose-toi. »

Avec le doux espoir d'une joie inconnue,
Je relève mon front vers le Ciel, ô mon Roi !
Ces mots étincelants sont écrits dans la nue :
        Viens et repose-toi.

Ils éclairent mon âme, illuminent ma route ;
D'un coup d'aile, brisant l'angoisse du pourquoi,
Et mon cœur les entend, ces mots, sans aucun doute :
        Viens et repose-toi.

L'heure qui sonne, au loin, annonce le passage
Du temps ; inexorable et décevante loi ;
Jour et nuit, l'heure apporte, aux élus, ce message :
                Viens et repose-toi.

A chaque malheureux, ou pécheur ou victime,
Dieu donne l'espérance, en lui donnant la foi ;
Son amour sait toujours dire l'appel intime :
                Viens et repose-toi.

Comme dans l'Evangile et comme en Galilée,
Jésus dit à l'aveugle, au blessé plein d'effroi,
A tout être souffrant, à toute âme exilée :
                Viens et repose-toi.

Le repos, c'est la paix de l'âme après la lutte ;
De notre repentir, le douloureux émoi
S'adoucit, à ces mots de l'ultime minute :
                Viens et repose-toi.

L'AMITIÉ

Amitié, chaste fleur d'amour,
Entr'ouvre ta blanche corolle ;
Dans les champs de l'obscur séjour,
Répands ton parfum sans détour,
Des dons du ciel, divin symbole.

Enlace tes rameaux fleuris,
Autour du flambeau d'hyménée ;
Comprends, sous les jeux et les ris,
Au fond des cœurs endoloris,
Le cri de l'âme profanée.

Des pleurs, tu peux tarir le cours
Et la source mystérieuse,
Par la bonté de tes discours,
Le secret garde de longs jours,
L'or offert d'une main pieuse.

Bénissons Dieu quand il a mis,
Près de notre cœur en détresse,
Les cœurs indulgents des amis
Et, qu'à notre âme, Il a permis
Ce réconfort, cette allégresse.

Recherchons une profondeur,
Où l'amitié vit d'elle-même,
Là, sans aucun bruit de moteur,
Sans phare au puissant réflecteur,
L'âme voit une âme qui l'aime.

Sur la route étroite du bien,
Dans cette âme à peine entrevue,
On découvre l'ami chrétien,
Notre bonheur devient le sien ;
Cette joie est, par Dieu, prévue,

C'est le plus beau lys de ses champs !
Célébrez Oreste et Pylade,
Poètes grecs, en de beaux chants,
Près du Christ, nombreux et touchants,
Des saints se donnent l'accolade.

L'amitié fleurit près des cieux,
Comme les solides arbustes
Semés dans les sentiers rocheux
Pour donner l'appui vigoureux
De leurs rameaux, fiers et robustes,

A ce voyageur imprudent
Qui veut escalader les cimes,
Malgré les brumes et le vent,
Seul, pour traverser le torrent
De toutes les fausses maximes.

Prends garde, ami, c'est l'inconnu,
La cime déserte est glacée,
N'es-tu pas pauvre, triste et nu ;
Par qui seras-tu reconnu
Dans l'infini de ta pensée ?

Le vertige a saisi ton cœur,
Dans ses doigts de fer et de flamme,
De la nuit, l'amère rancœur
Etend son voile avilisseur
Sur les puissances de ton âme ;

Le Saint Esprit t'abandonnant,
Tu peux glisser dans les abîmes,
Dans un insondable néant,
Du haut de ce glacier géant
De l'orgueil, le premier des crimes !

Mais voici le soutien puissant,
Sur le rocher inébranlable,
Suspends ta course, humble passant,
Arrête ton cœur frémissant
Près de l'amitié secourable.

L'ORDRE MAJESTUEUX DES SIÈCLES SE RENOUVELLE

« Magnus ab integro
sæculorum nascitur ordo. »
(VIRGILE.)

En créant l'univers, Dieu créa l'harmonie,
Chant profond et sublime, inéluctable loi,
Où l'âme peut trouver le rythme avec la foi,
Dans les instants divins où brille son génie.

Ta Providence, ô Père ! éclaire le vaisseau,
L'arche, où l'humanité vogue à travers les mondes,
Pleine de ses vertus, de ses douleurs profondes,
Elle porte, à l'avant, la marque de ton sceau.

Quand, de l'obscur néant, surgit la blanche voile,
La devise brilla soudain à l'horizon :
Paix, Amour ! Ces deux mots, en guidant sa raison,
Furent, pour l'homme juste, un doux rayon d'étoile ;

❧ 61 ❧

Mais, depuis six mille ans, le pur génie humain
S'avance, poursuivi par les races de proie ;
La torche qui le brûle et le fer qui le broie
N'arrêtent pas sa marche et Dieu lui tend la main.

Morale d'un Platon, œuvre d'un Galilée,
Il brille, avec éclat, au temps le plus ancien ;
Il inspire à Pascal, le mathématicien,
Sa foi rigide et grave et sa pensée ailée.

D'âge en âge, paraît un conquérant fameux,
Babylone s'effondre et Rome est assiégée,
La Grèce est mise aux fers ; la légende imagée
Raconte les exploits des hommes fabuleux.

Moïse et la Loi sainte, Elie et les prophètes
Annoncent votre gloire et votre avènement,
O Christ ! Toute l'histoire est un seul monument
Préparant votre règne, affirmant vos conquêtes.

Jean et Paul, Augustin, l'apôtre et le docteur,
Les saints et les martyrs, les pères de l'Eglise,
Sauveront de l'erreur, dans laquelle il s'enlise,
L'homme, créé par Dieu pour être adorateur.

Les déluges de sang, les océans de larmes,
La guerre ! la tempête et la mort par la faim,
Les fléaux redoutés, épuiseront enfin
L'humanité qui forge elle-même ses armes.

Elle a conquis la terre en toute liberté,
Construisant le matin ce qui, le soir, s'écroule ;
L'ordre majestueux des siècles se déroule,
Malgré les cris de mort, les chants de volupté.

Virgile après Homère, avant le Dante, Horace,
Religieux, ardents et civilisateurs,
Conquérants de la gloire, offerte aux purs chanteurs,
Redisent les espoirs éternels de leur race.

Les générations d'hommes et d'animaux
Emportés par l'orage, ainsi que la poussière,
Loin de toute beauté, de joie et de lumière,
Flottent confusément dans des vagues de maux.

Poètes ! que vos chants raniment l'espérance,
La foi sublime et forte et l'amour du chrétien ;
Unissez tous les cœurs dans le culte du bien,
Pour chasser l'égoïste et lâche indifférence.

Du haut du Golgotha, le Verbe rédempteur
Voit la terre et le ciel ; son œil mourant contemple
Ce monde harmonieux, créé pour être un temple,
Un flambeau conduisant l'homme à son Créateur ;

Et, dans cette harmonie, une foule irritée
Sert le destin cruel, par son aveugle effort,
Demandant, à grands cris, le supplice, la mort
Pour le Juste qui, seul, ne l'a pas méritée.

Mais Jésus voit sa mère, en pleurs, près de la croix,
Debout, avec saint Jean et sainte Madeleine ;
Pour tant d'amour humain, Il pardonne à la haine :
« Père, pardonnez-leur, ils ignorent vos lois. »

Le pardon c'est l'amour et la paix véritables,
C'est la divine loi qui permet de souffrir,
D'aimer dans la douleur, d'aimer jusqu'à mourir
Et de vaincre, en aimant, les maux inévitables.

L'ordre majestueux des siècles passera,
Sans changer le destin de l'homme et l'harmonie
Du monde où règne Dieu, Providence infinie,
Créatrice toujours, que rien ne lassera.

LE ROSEAU

Comme un roseau, frêle et mouvant,
    Je plie, ondule au gré du vent ;
Je pleure, je ris, prie et souffre,
Au bord de l'eau calme ou du gouffre.

Devant le chêne, enraciné
Profondément, roi premier-né
De la forêt, la pauvre plante
Est souvent jugée encombrante.

Brisé par l'orage, parfois,
Le voisin, fier géant des bois,
Voit la plus grosse de ses branches
Tomber ! on en fera des planches,

De la plus grande utilité ;
L'arbre blessé, décapité,
Se plaint au muguet, à la mousse,
Dont chaque brin tombé repousse,

Pendant que, sur le bord de l'eau,
Reste incliné l'humble roseau ;
Mais Jésus passe, ô doux prodige !
D'un doigt expert, prenant sa tige,

Il la redresse en un moment
Et regardant, très longuement,
Cette herbe, une force nouvelle
La remplit et la fait plus belle ;

Dédaignant le chêne, un oiseau
S'en va chanter sur le roseau,
Ce qu'une plante ne peut dire,
L'oiseau le chante en son délire !

LE SOURIRE

L_E sourire est la floraison
De l'âme et, sans lui, le visage,
Qu'il soit jeune, ou vieux, fol, ou sage,
Ressemble au mur d'une prison ;

C'est la route, sans horizon,
C'est un ténébreux paysage,
C'est la force, sans le courage
Et, sans une fleur, la maison.

Sourire pur, joyeux, sublime,
Pare un doux regard et l'anime ;
Mais, sur les lèvres d'un mourant,

C'est la divine certitude
Que l'ami, que le cher parent,
Entrevoit la béatitude.

LE BOUQUET SPIRITUEL

A la mémoire très vénérée et très
aimée de saint François de Sales,
théologien, philosophe, psychologue
et poète.

Je descends, le matin, dans mon jardin secret,
  Pour cueillir une rose ;
Je ne vois que le Ciel, le monde disparaît
  Et sa vulgaire prose.

La fleur, ainsi cueillie, a le parfum rêvé,
  Mais elle a des épines !
Pourrais-je les ôter ? mon front s'est relevé,
  En chantant les Matines ;

Toute prière est pure, au lever du soleil ;
  Epines, vaine gloire,
Disparaissez ; je vais demander un conseil
  A l'ami qu'il faut croire ;

Il me dira : « Ma fille, ouvrez votre jardin,
          « Au pauvre comme au riche,
« Dans une arène, on voit, sur le dernier gradin,
          « La plus sublime affiche ;

« La plus belle vertu, la sainte humilité,
          « Est fleur de la prairie,
« Elle a, comme l'encens, odeur de charité,
          « Sans parler, elle prie. »

Jacinthe et violette, au parfum pénétrant,
          Fleurissent sur la terre,
Seul, le lys a le droit de se montrer plus grand,
          Car il est près du Père.

Le bon Pasteur, gardant son fidèle troupeau,
          Prend la gerbe fleurie
Qu'offre l'humble brebis, au matin clair et beau ;
          Servante de Marie,

Elle saura cueillir, à toute heure du jour,
          Jusques au bord du gouffre,
Le précieux bouquet, le plus digne d'amour,
          Quand elle pleure et souffre.

L'HEURE EXQUISE

C'est l'heure du repos, l'heure du soir exquise
Où, seule avec mon Dieu, je l'adore à ma guise,
Loin des soucis du temps ;
L'heure où j'entends sa voix m'appeler et me dire :
« Je suis là, ce n'est pas un rêve, un vain délire,
« Je t'aime et je t'attends ;

« Je suis là, chaque jour, à toutes les minutes,
« Aux secondes d'appel tragique de tes luttes,
« Vois, je te tends les bras ;
« Ne cherche pas ailleurs de secours efficace,
« Tout ce que l'homme attend, harmonise ou déplace,
« N'est qu'un fol embarras. »

Je le sais, ô mon Dieu ! j'en ai l'expérience,
Hors le sens du divin, tout est vaine science,
C'est l'abîme béant ;

J'attends toujours des mots vrais, simples ou sublimes,
Et le monde n'a plus que de fausses maximes,
            Des échos du néant.

Et ma reconnaissance est, pour Vous, infinie,
Quand vous m'ouvrez, Seigneur, votre maison bénie,
            Ce refuge sacré,
Où je viens recevoir le pain vivant des anges,
En écoutant chanter, le matin, vos louanges,
            O mon Maître adoré !

Mais, à la fin du jour, quand j'ai l'âme très lasse,
Quand, de l'isolement, le froid mortel m'enlace,
            Devant l'obscur péril,
Je sens de votre amour l'irrésistible emprise
Qui chasse les regrets, comme une chaude brise
            Fond la neige d'avril.

J'appelle cet instant l'heure miraculeuse,
Ta minute attendue, horloge fabuleuse
            De mon éternité ;
J'embrasse d'un regard, la montagne et la plaine,
Je m'élève au sommet, jusques à perdre haleine,
            Est-ce témérité ?

Répondez-moi, Vous seul qui connaissez tout l'être,
Votre divine voix dit l'esprit et la lettre
            Du rythme universel ;
Je ne veux pas errer dans les routes obscures,
Je cherche la clarté des délices futures,
            Un nouvel arc-en-ciel ;

Et je n'attends jamais la divine réponse :
« Aveugle, tu semas l'ivraie avec la ronce,
            « Dans les champs du Seigneur ;
« Pour sauver la moisson, je vins, au jour propice,
« Ouvrir tes yeux, fermés à ma seule justice,
            « Et je fus ton vainqueur. »

C'est le divin pardon, l'amour et l'espérance,
Elevant la pensée et calmant la souffrance,
            Un rayon du printemps,
A l'heure du repos, l'heure du soir exquise,
Où, seule avec mon Dieu, je l'adore à ma guise,
            Loin des soucis du temps.

AU CHRIST-ROI

Vous êtes vraiment Roi, Christ, mon maître adoré !
  Sur votre front royal, la couronne est d'épine,
Le sceptre, un dur métal, perce la main divine,
Il est, par votre sang, splendidement doré.

Dans le céleste azur, votre trône s'élève,
C'est la Croix, la douleur, le mortel abandon ;
Il en tombe des mots d'amour et de pardon,
Pour vos bourreaux, pour nous, coupables enfants d'Eve.

De ce trône sublime, attirant tout à Vous,
Nos âmes et nos cœurs vivent de sa lumière,
En veillant, près de Vous, dans la simple prière ;
Si nous dormons, hélas ! Maître réveillez-nous !

Vous êtes, ô Christ-Roi, le pasteur, le modèle,
On ne craint pas la mort en suivant votre loi,
Vous nous donnez toujours, de nos forces, l'emploi,
Régnez sur le chrétien, l'impie et l'infidèle ;

Régnez sur nos maisons, nos familles, nos cœurs,
Ces dons résument-ils toutes vos exigences,
O bon Roi, créateur de nos intelligences ?
Donnez-nous votre paix, Vainqueur des grands vainqueurs.

Comme un Roi prévoyant, Vous avez des ministres,
Pour veiller sur le temple et signer vos décrets ;
Des apôtres, des saints, toujours purs et discrets
Qui gardent, de vos lois, les précieux registres ;

En les suivant, mon Dieu, nous voyons s'entr'ouvrir
Le paradis perdu ; de victoire en victoire,
Le peuple des élus partagera leur gloire,
Près de Vous, au combat, ils sauront l'acquérir.

Vous ne repoussez pas d'imparfaites louanges,
Divin Rédempteur, Roi de l'amour éternel ;
Au pied de Votre trône, en l'infini du ciel,
Je veux mêler, un jour, ma voix aux chœurs des anges.

CONTEMPLATION

Un rayon de beauté, de lumière et de joie,
Pénètre dans mon cœur, hier encor, la proie
Du doute et de l'orgueil ;
Et ce rayon béni le ravit et l'emporte
Jusques au Paradis, un ange ouvre la porte,
Jésus-Christ est au seuil ;

Et la terre se tait... Dans la pure harmonie
De l'oraison, la voix discordante est bannie,
Jésus parle à son tour ;
Et si je vous demande, ô Maître, quel mérite,
Près de Vous, aujourd'hui plus qu'hier, m'a conduite,
Vous répondez : l'Amour !

C'est là tout le secret, Vous voulez qu'on Vous aime,
Dans la joie et le deuil, devant la mort, quand même
                 De douleur expirant ;
Entends et vois, mortel, ce néant de la vie,
Ces ténèbres où luit le poignard de l'envie,
                 Ce mensonge attirant,

Cet exil où notre âme est comme une hirondelle,
Prise au piège et brisant sa tête qui ruisselle
                 Aux murs de sa prison ;
Mais Vous apparaissez, Dieu fort et magnanime,
Et dans la nuit, soudain, l'aurore claire anime
                 Le plus sombre horizon.

Ame éprise d'air pur, de liberté, d'espace,
Contemple le soleil et ses rayons où passe
                 Tout l'espoir des moissons ;
Aigle, n'abaisse plus tes regards vers la terre,
Beau cygne, fuit des lacs la brume délétère
                 Et ses subtils poisons ;

Monte vers la contrée, accessible et sereine,
Où règnent l'espérance et la paix souveraine
                 Des cœurs religieux,

Où naît la Charité dans la blancheur des cimes,
Où l'amour est au fond de toutes les maximes,
        C'est la route des cieux.

Et quand viendra le jour où tu dois comparaître,
Nue et seule, devant le redoutable Maître,
        Chétive humanité,
Tu resteras sans voix et, dans le grand silence,
Eclatera soudain l'immuable sentence
        De ton éternité !

As-tu cherché vraiment, près d'un juge sévère,
Cet ami tendre et bon, le Sauveur du Calvaire,
        As-tu dit ton *fiat*,
Du fond du cœur, au Dieu plein de mansuétude,
Dont la divine loi fut ta plus chère étude ?
        Chante un *Magnificat !*

Car le Christ Jésus, Roi du pauvre et son frère,
Dira : « Nous sommes tous enfants du même père,
        « Je vous ouvre le port
« Et, dans ce dernier jour, dans cette heure terrible,
« Je suis votre sauveur, protecteur invincible,
        « Triomphant de la mort ;

« J'étais seul, j'avais faim, l'âme, de froid, saisie
« Et vous avez été la sainte poésie,
        « Le geste fraternel
« Qui console et nourrit, berce l'enfant sans mère,
« Donne à toute souffrance un sourire éphémère,
        « Un espoir éternel. »

SOUVENIR D'UN BAPTÊME

BAPTÊME ! ô divine espérance,
   Tu rends, belle et sainte, l'enfance ;
Sacrement d'amour, de pardon,
Fête de joie et d'union,
Tu fais oublier la souffrance.

O première et douce croyance,
Chasse des cœurs la méfiance,
Source du ciel, précieux don,
     Baptême !

Devant la pieuse assistance,
Par un grand évêque de France,
Dieu nous demande l'abandon
De l'âme, à la dévotion
De ta force et de ta puissance,
     Baptême !

A THÉODORE DE BANVILLE
POÈTE LYRIQUE

« Prions ! comme entre nous il n'est pas de barrière,
Nous sommes réunis déjà par la prière,
Qui franchit mille cieux d'un vol aérien ;
Le sang de Jésus coule et ne dédaigne rien. »
Th. DE BANVILLE.
(A celle qui me voit. *Roses de Noël.*)

Maitre, vous avez dit, dans la forme élégante,
Que vous avez su rendre, à votre heure, cinglante :
Toute la poésie, aux siècles raisonneurs,
Est un squelette vide, une forme glacée,
N'ayant plus le pouvoir d'être une panacée,
Aux mains de nobles entraîneurs.

Vous avez dit en vers, vous avez dit en prose :
Laisse le pédantisme, impuissant et morose,
Qui distille l'ennui, comme un ciel nuageux ;
Poète ! sois divin, joyeux et satirique,
Aime la fraîche idylle et la muse héroïque,
Plane au-dessus du sol fangeux.

Varie enfin tes chants, que chacun puisse entendre
Passer, dans ton poème, un souffle noble ou tendre,
Poursuivre, en te lisant, son rêve inachevé,
La tristesse du jour, l'espérance de l'heure,
Avec tout ce qui charme, hélas ! tout ce qui leurre
     Et qu'il se sente relevé.

Vous refusez le don du lyrisme à l'athée,
Car sa pensée est morte, et sa vie arrêtée ;
Mais vous avez toujours chéri les doux rimeurs,
Ceux qui, sans nulle entrave, au seul chant de la lyre,
S'embarquent sur les flots, avec un saint délire,
     En défiant tous les rameurs.

Tout poète le sait : la vie est un voyage,
On part dès le matin, il faut braver l'orage,
Conjurer la fureur des tigres, des lions,
Aborder, vers le soir, dans une île inconnue,
Rencontrer l'amitié pure, vraie, ingénue,
     Et fuir avec les alcyons.

Fuir et monter sans cesse, à la sphère étoilée,
Pour y voir la science, éternelle et voilée,
Emporter la sagesse, en ses bras frémissants,

Chercher l'humanité, toute nue et sans masque,
Chausser le fin cothurne et se coiffer d'un casque,
            Pour dire, en vers retentissants,

Dire à la pâle nuit, à la naissante aurore :
Je veux de la beauté, demain, toujours, encore ;
Je n'ai pas oublié tout ce que m'ont appris
Les sourires, les pleurs et l'amour de ma mère,
Je poursuis, en tous lieux, l'idée ou la chimère
            Et je suis poète à ce prix.

Je veux chanter l'amour, la bonté, la constance,
Au son du léger rythme, ou de la noble stance,
Et faire aimer la vie au plus déshérité ;
Puis, dans le grand élan d'une force hardie,
Jeter mon cœur sanglant à la foule engourdie,
            En lui montrant la vérité ;

La lumière divine, éblouissante et forte,
Qui saisit toute l'âme, et, d'un bond, la transporte
En plein ciel, à vos pieds, unique Créateur,
Source de la beauté, de l'immortelle vie,
A laquelle l'artiste aspire et nous convie,
            S'il n'est pas un vil imposteur.

L'HARMONIE EST UNE PRIÈRE

Un chant profane, une voix d'ange,
    Ont fait s'épanouir la fleur
Du souvenir et sa douleur,
Acceptez, mon Dieu, ce mélange :
Un chant profane, une voix d'ange.

Le rythme ardent des violons,
Dans la nuit enbaumée, éclate ;
Au fond de notre cœur, il flatte
Un rêve qu'aux yeux nous voilons,
Le rythme ardent des violons.

Le pauvre orgue de Barbarie
Chante et se plaint dans notre cour,
Comme l'aveugle au carrefour ;
Il joue un air de sa patrie,
Le pauvre orgue de Barbarie.

Au souffle de la Charité
Qui, pour toujours, m'a faite sienne,
Comme une harpe éolienne,
Mon âme chante la Beauté,
Au souffle de la Charité.

Quand l'orgue parle, un jour de fête,
Dans le temple mystérieux,
A ses accords, dignes des cieux,
Pour le paradis, je m'apprête,
Quand l'orgue parle, un jour de fête.

Ce rêve d'immortalité,
Que toute mélodie exalte,
Charme la plus tragique halte ;
Il rend l'espoir illimité,
Ce rêve d'immortalité.

L'harmonie est une prière,
D'une douleur, faites un chant ;
Le poème le plus touchant
Est la plainte d'une âme fière,
L'harmonie est une prière !

LA LOI D'AMOUR

BALLADE

A ma fille.

La loi d'amour combat les lois de haine,
 Bannis l'orgueil, avec sérénité,
Que la beauté de ta pensée humaine
Se penche, ainsi qu'une maternité,
Vers la douleur et vers l'infirmité ;
Donne ta vie, endure ton supplice,
Sans que l'amour, dans ton âme, faiblisse ;
Vois le bonheur dans ces chemins étroits,
Où la vertu marche sans artifice,
L'hymne d'amour s'élève de la Croix !

Dans cet exil de la terre, l'haleine
Du péché tue et fait l'obscurité,
Porte la croix, nouvelle sainte Hélène,
Jusqu'au calvaire et, sans témérité,

Par toi, les morts vivront, en vérité.
Devant tes pas, qu'une source jaillisse,
Du tabernacle et du divin calice,
D'un cœur chrétien, fidèle et de ton choix,
Fleuve ou ruisseau, route du sacrifice,
L'hymne d'amour s'élève de la Croix !

La pitié sainte est une coupe pleine
D'un vin de joie et, par la charité,
Tu peux verser la foi dans l'âme vaine,
Au jour tragique où l'incrédulité
S'arme d'orgueil et de duplicité ;
Sois le rayon de l'étoile, l'auspice
Qui portera la paix libératrice,
Montre la source, à laquelle tu bois,
Source d'espoir, au fond du précipice,
L'hymne d'amour s'élève de la Croix !

ENVOI

Enfant chrétienne, un cœur sans maléfice,
Dans la bonté, cherche l'inspiratrice ;
Aime le faible, abandonne les rois,
Mets, à ton œuvre, un divin frontispice,
L'hymne d'amour s'élève de la Croix !

CHANT ROYAL DE L'ANNONCIATION

Muse divine, à toi, je me confie,
        Je veux chanter un mystère joyeux,
Dans ce dessein, avec moi, glorifie
Une humble Vierge et la Reine des cieux ;
Sois ma compagne, écoute ma prière,
Verse, en mon cœur, la sereine lumière ;
A Nazareth, il faut aller, ce soir,
Entrer sans bruit, doucement nous asseoir
Dans l'ombre bleue ; à cette heure où l'on prie,
Tout est repos, tout est calme vouloir,
Allons entendre et regarder Marie.

De saint Joseph, l'humble philosophie
Laisse la Vierge aux doux songes pieux ;
Avant la nuit, son cœur se sanctifie,
Priant, lisant, comme dans les milieux

Du temple saint ; l'étude coutumière
Lui rend, du ciel, l'approche familière,
Toute lecture est un bien cher devoir,
La Bible étant son unique savoir ;
Avec les saints, mais sans forfanterie,
Et sans laisser la ferveur jamais choir,
Allons entendre et regarder Marie.

Prédestinée, elle s'identifie
Aux anges, dont les regards curieux
Suivent l'enfant qui répond et se fie
A Gabriel, l'un des plus grands d'entre eux ;
Car Dieu choisit une grandeur plénière
Pour saluer Reine, en cette chaumière,
Celle qui doit, chastement recevoir,
De l'Esprit-Saint, le baiser ! concevoir
Le Fils de Dieu !... merveilleuse féerie,
Profond mystère ; afin de les mieux voir,
Allons entendre et regarder Marie.

Saint Gabriel, ce soir, personnifie
La cour céleste et l'astre radieux,
Porte du ciel, que Dieu béatifie,
Marie ! entend ces mots mélodieux :

« Je vous salue, ô Vierge, avant courrière
« De toute grâce ; ô tige printanière,
« Vous porterez la fleur du reposoir. »
D'un tel honneur, n'osant se prévaloir,
La Vierge craint une supercherie
D'un fils d'enfer ; l'orgueil peut décevoir,
Allons entendre et regarder Marie !

L'humilité d'une Vierge édifie
Le monument d'amour prodigieux
Qui réunit la terre au ciel, défie
L'enfer et donne, au monde déjà vieux,
Jésus ! vainqueur de l'obscure matière :
« Je suis, de Dieu, servante et créancière,
« Qu'il me soit fait ce qu'Il veut bien prévoir. »
A peine dits, dans cet humble parloir,
Ces mots ont fait, du lys de la prairie,
La douce Reine au maternel pouvoir :
Allons entendre et regarder Marie !

ENVOI

Seigneur Jésus, Roi de l'humain terroir,
Pour Vous connaître et Vous mieux entrevoir,
Sans parcourir Sion ou Samarie,
Avec l'archange, emportant l'encensoir,
Allons entendre et regarder Marie !

LES OISEAUX MIGRATEURS

L EURS larges ailes déployées,
Ils vont, les oiseaux migrateurs,
De leurs yeux clairs et scrutateurs,
Sonder les mers ensoleillées.

Toutes leurs dettes sont payées,
Quand, vers les climats enchanteurs,
Leurs larges ailes déployées,
Ils vont, les oiseaux migrateurs ;

Et nos âmes, émerveillées
Du jeu de ces divins acteurs,
Rêvent des Cieux consolateurs,
Dans les solitaires veillées,
Leurs larges ailes déployées.

SOUVENIR D'ARLES

Avril 1916.

PERLE de la Provence artiste et romaine, Arles !
  Sous ton soleil de feu, rayonne le passé,
Divers et somptueux, dans l'azur enchâssé ;
Tout ce qui t'appartient : la langue que tu parles,

Tes filles au front pur, au fier profil, aux yeux
De flamme et d'ombre, où luit toute l'âme ancestrale,
Tes ruines, gardant la grandeur sculpturale
Et la grâce, tout vient des illustres aïeux.

Palais de Constantin, théâtre antique, arènes,
J'évoque, devant vous, les Grecs et les Romains,
Sans oublier les morts, tombés dans les chemins
Glorieux de la France ; et j'entends tes sirènes,

O Méditerranée ! un chant d'amour, de paix,
S'échappe des flots bleus, de la route bénie,
Par laquelle est venue ton clair et beau génie,
Ma France, en l'oubliant, hélas ! tu te trompais.

Sur le Rhône profond, Arles, reprends ta course,
Vers les buts désirés d'une grande cité,
Art, commerce, industrie, en leur diversité,
Par les grands chemins d'eau, remontent à leur source.

Achève le canal, rejoignant le grand port ;
Clair joyau du passé, pour l'avenir, travaille ;
Sur de nombreux bateaux, au pont de Trinquetaille,
Conduite par ta foi, la fortune entre et sort ;

Que ta danse classique, ardente farandole,
Au son du tambourin, dans l'air incandescent,
Comme au temps des amours de Mireille et Vincent,
Décrive, en tes jardins, sa longue parabole ;

Garde ton pur instinct, ta foi, ta volonté,
Jeunesse confiante et l'amour de la vie
Germera dans ton cœur, dans ton âme ravie,
Pour que ton rire éclate en gestes de beauté.

Vous reverrai-je encor, cloître de saint Trophime,
Clair de lune enchanteur, un soir, aux alyscamps,
Mystérieux dans l'ombre et loin du bruit des camps,
Près du cœur des amis, dans cette paix intime ?

Espérance chrétienne et foi dans l'avenir,
Gardez-nous près du Dieu qui connut la détresse,
Il rendra plus féconds nos jours de pure ivresse,
Si nous pouvons, vers toi, doux pays, revenir.

Les grands micocouliers, courbés sous la tempête,
S'inclineront toujours, dans un geste amical,
Devant leur cher poète, âme claire, Mistral
Qui sut dire les chants que le peuple répète ;

Mais en ces jours de deuil, allez, doux pèlerins,
Prier au bord de mer, près des Saintes Maries ;
La grande basilique ignore les furies
De la guerre et, loin d'elle, on arrête les trains,

De blessés, de mourants, pleins de cris et de larmes ;
Le ciel doit vous entendre et, pour les secourir,
Pour sanctifier ceux, hélas ! qui vont mourir,
Les saintes donneront des forces et des armes.

JEANNE D'ARC A REIMS

A Maurice Barrès.

JEANNE, ta foi sublime a fixé le destin,
    L'essor de ta patrie et de ta noble race ;
Vierge de Domrémy, ton nom, pour nous, retrace
La clémence de Dieu, le miracle certain.

Un carillon joyeux, dans le clocher hautain,
A célébré, dans Reims, tes succès, ton audace ;
Quel péril aujourd'hui, douce enfant, te menace,
Quel regret, quel désir, rend ton regard lointain ?

Tu veux revoir ton ciel et tes sœurs de Lorraine,
Le pays d'humble joie et de pudeur sereine ;
Et, dans la cathédrale, à côté de ton roi,

Tu rêves d'une paix dont le charme t'attire ;
Mais que vois-tu soudain, l'âme pleine d'effroi ?
Les flammes d'un bûcher, les palmes du martyre !

QUE LA PAIX SOIT AVEC VOUS

Redresse, vers le ciel, tes regards et tes vœux,
  France chérie et Vous, Reine de la Victoire,
O Marie ! aidez-nous, comme au temps des aïeux,
Car Vous serez toujours mêlée à notre histoire ;

Vos miracles d'amour, que rien n'a suspendus,
Montrent à l'univers, Vierge de Massabielle,
Que, malgré les décrets, par les hommes rendus,
La France ne vit pas d'une loi matérielle.

Sainte de Domrémy, ton cœur l'a deviné,
Dans la grande pitié du royaume de France,
Animant, par ta foi, ton vrai courage inné,
Tu refis l'union, dans la douce espérance.

Nous gardons, Jeanne d'Arc, ton ardent souvenir,
Nous voulons la patrie agrandie, une et forte ;
Ton culte, bien français, assure l'avenir,
Nous croyons ! Et la foi promet ce qu'elle apporte ;

A tout homme, courage et bonne volonté,
Cette union des cœurs que le ciel, seul, envoie,
Plus forte que la mort, attirant la bonté
Du Maître souverain de l'éternelle voie.

11 mai 1927.

LE DERNIER MOT

La vérité du Seigneur demeure éternellement.
(Psaume CXVI-2.)

Sur la route d'exil, pour la dernière étape,
Je vais dans la lumière et la main dans la main
De mon Roi ! Sans souci de l'angoissant demain,
Je rejette, du monde, une pesante chape.

Pour le divin banquet, toujours mise est la nappe
Et la manne est servie, au géant, comme au nain ;
Le Maître de la table est un Dieu très humain
Qui reçoit le pêcheur et, rarement, le frappe.

Hostie ! ô pain vivant, ô sagesse des forts !
L'impie a vu tomber sa haine et ses efforts,
Devant les pleurs d'amour des âmes douloureuses.

Malgré tant de folie et de stupides lois,
De persécutions, de rages monstrueuses,
Dieu reste Créateur des peuples et des rois.

CHAMPMILAN

Le renom qui, des Muses, vient
Ferme, contre l'âge, se tient.
(RONSARD, *Au Fleuve du Loir.*)

Mon domaine est petit, mais, devant lui, l'espace
Agrandit la pensée, en permettant de voir
L'illumination d'un nuage qui passe,
Doré par le soleil, plein de flammes, le soir.

Une prairie en pente, au bord de la rivière,
Entoure de parfums, de fraîcheur, la maison ;
Tout est calme et douceur, recueillement, prière,
Et le vent chante, ou pleure, en sublime oraison.

Je puis apercevoir, même de ma fenêtre,
Une colline mauve, où se dresse un clocher ;
Matin et soir, la cloche offre, au souverain Etre,
L'hommage du mortel qui ne peut l'approcher ;

Il est loin comme un rêve ou comme un saint mystère,
Présent comme les dons de la Divinité ;
L'affluent de la Loire, inégal, volontaire,
Met, entre nous et lui, l'obstacle illimité ;

Tantôt il creuse un gouffre, improvise des îles,
Fleuve majestueux ou simple fil d'argent ;
Pendant l'orage, il prend la teinte des reptiles,
Ou reflète le ciel et son azur changeant.

Pieusement gardé, ce très mince héritage
A fait beaucoup d'heureux ; et le cher compagnon
De ma vie, en comprend tout le charme et partage
Mon amour pour ce toit, au modeste pignon ;

L'arbre, aux grappes de neige, arrose les allées
D'abeilles, dans des fleurs au parfum savoureux ;
Pinsons et rossignols, beaux chantres des vallées,
Abritent leurs espoirs dans les bosquets ombreux.

Nous oublions, ici, notre vie inégale,
Devant l'horizon clair et le simple décor ;
Car on n'a pas besoin de feston, d'astragale,
Quand les cœurs, biens unis, se pénètrent encor.

De mon père chéri, la tendresse magique
A fait jaillir l'eau pure, au sommet d'un rocher,
Pour égayer ma vie, à l'époque tragique
Où, sur l'abîme ouvert, il la voyait pencher.

Là, je viens retrouver mes souvenirs d'enfance,
Cette affection sainte et que toujours semaient,
Autour de ma jeunesse et dans cette ambiance,
Mon aïeule, ma mère et tous ceux qui m'aimaient.

Là, nous avons connu la douce joie alerte,
Qu'on ressent à la fin d'un combat torturant ;
Maintenant, la maison est bien souvent déserte,
Mais, les chers disparus, Champmilan me les rend.

BÉNÉDICTION

La mort, pendant la guerre, hélas ! la catastrophe,
M'ont, de ma lourde Croix, donné les visions;
Mais je chante, ce soir, la consolante strophe,
Annonçant une fin aux réparations ;

L'humble toit, reconstruit, a reçu la visite
D'un prêtre vénéré, charitable et très saint,

Apportant toute paix, la joie et l'eau bénite,
Armé d'une puissance et, de majesté, ceint.

Son passage a laissé, dans cette solitude,
Le courage, la foi dans des jours fortunés,
Les parents, les amis reprendront l'habitude
De venir en jouir, sans être importunés

Des contraintes du monde et des cérémonies,
Dont n'a jamais souffert le toit hospitalier ;
Vous le savez, mon Dieu, maisons, par vous, bénies,
Offrent, aux visiteurs, le plus large palier.

16 juin 1921.

LA VIE EST BELLE

> Dieu vit que tout ce qu'il
> avait fait était très bon.
> (GENÈSE, I.)

Enfants, soyez heureux, chantez, la vie est belle,
C'est un présent gratuit,
Et c'est le don divin de la vie éternelle,
Non l'accident fortuit.

L'amour a préparé, devant vous, toutes choses,
Avec tant de bonté,
Que vous pouvez cueillir les jasmins et les roses,
Les lys, à volonté.

Le matin de la vie et le ciel de l'aurore
Sont toujours transparents,
Aucun souffle malsain, aucune idole encore,
N'ont terni les écrans.

Vous donnez, à la fleur, la goutte de rosée,
          O Père, ô Créateur !
De toute âme infertile, ou, de pleurs, arrosée
          Vous êtes Protecteur.

Enfants, souvenez-vous, tous les fruits de la terre
          Ne sont pas de bons fruits,
Vous êtes entourés par un profond mystère
          Et par d'étranges bruits ;

L'écho de vos chansons, si votre voix est pure,
          Est agréable à Dieu ;
Si vous vous éloignez de la bonne nature,
          Prenez bien garde au feu !

Un jour, vous aurez froid, au cœur, comme au visage,
          Le ciel se voilera ;
Mais vous verrez un ange, apportant le message
          Qui vous consolera.

La voix des séraphins, des anges, des archanges,
          Se mêle à votre voix,
Si vous chantez du Dieu, trois fois saint, les louanges,
          Comme une âme de choix ;

Que vos cœurs restent bons, chastes et loin du douté,
        Dans le chemin fécond,
Dites un chant d'amour, la terre vous écoute
        Et le ciel vous répond ;

Soyez simples et vrais, sans aucun artifice,
        Dieu qui voit son enfant
Sans murmure et soumis, au jour du sacrifice,
        De tout mal, le défend ;

Vous devez préparer une bonne semence,
        De ce précieux grain,
Qui donne cent pour un, attire la clémence
        Du Maître du terrain ;

Et vous serez bénis des pauvres et du riche,
        De la terre et du ciel,
En ne laissant jamais aucune terre en friche,
        Dans le bien paternel.

CELUI QUI EST

« Ma vie est enfin devenue vivante
et pleine de Dieu. »
(SAINT AUGUSTIN, Confessions.)

Vous êtes, Jésus-Christ, le passé, l'avenir,
Le présent, le seul jour qui ne doit pas finir ;
Près de Vous, j'oublierai les heures écoulées,
Ces fantômes errants, pâles ombres voilées,
Porteurs d'amers regrets, de philtres impuissants,
Et je vivrai des jours remplis et bienfaisants.

Vous êtes le présent et la miséricorde ;
Les désirs de mon cœur, votre cœur les accorde,
Et, dans cette harmonie où le chant vient du ciel,
J'entrevois, des élus, le bonheur éternel.
Vous êtes le grand jour, sans déclin ; la lumière
De l'aurore, guidant nos pas, notre prière ;
Le couchant radieux, pour ceux qui vont mourir ;
Le vrai chrétien connaît ce jour, qu'il doit chérir.

L'heure présente est là, c'est la semence utile,
En la terre choisie, où le sol est fertile ;
Nous devons l'estimer, comme le don de Dieu
Et, sans chercher, plus loin, le temps ou le milieu,
Dire à Jésus : « Cette heure, ô Christ, Vous l'avez faite,
Pour moi, pour me sauver, c'est votre jour de fête,
C'est Noël, votre vie et votre passion,
C'est la croix, c'est aussi la résurrection.

Sur la terre d'exil, l'homme gémit et souffre ;
Mais la mort n'est jamais la chute dans un gouffre,
Vous n'êtes pas, Seigneur, un grand roi fainéant,
Votre œuvre, avec amour, a détruit le néant,
Votre Esprit nous conduit vers la seule sagesse,
D'où peut nous éloigner notre lâche paresse,
Et l'humaine raison, devant Vous, s'inclinant,
Trouve, du Paradis, le jour étincelant. »

L'OMBRE

Ombre bleue, étoilée, ombre des nuits sereines,
    Endormez nos désirs, nos regrets et nos peines,
Donnez, à notre corps, le repos, le sommeil,
A notre âme l'oubli, dans un songe vermeil ;

Et si je vous contemple, ô nuit enchanteresse,
Si le sommeil me fuit, dans un soir de détresse,
Je ne vois qu'harmonie, ordre, calme et beauté,
Les nuits, comme le jour, ont une royauté.

Nous redoutons, mon Dieu, la solitude et l'ombre,
C'est que nous ignorons, de vos bienfaits sans nombre,
Souvent le plus utile, à vos yeux, le plus doux
Qui fait courber nos fronts et ployer nos genoux.

Le jour a le sourire et l'ombre a le mystère,
Qui sont l'enchantement du ciel et de la terre ;
Si l'un nous fait choisir, l'autre nous fait aimer
L'être envoyé du ciel pour séduire et charmer ;

Mais afin que la nuit, comme un jour, soit féconde,
Il faut y découvrir une source profonde,
D'amour et de pitié, relevant l'arbrisseau,
Pendant l'orage, ouvrant le port au grand vaisseau.

Quand l'orage est passé, l'ombre devient plus belle,
Plus consolante aussi de lumière éternelle,
L'étoile a plus de feux, le ciel plus de rayons,
Comme les vérités auxquelles nous croyons.

Notre foi se nourrit dans l'ombre et le mystère,
Où naît la fleur d'amour au mystique parterre ;
Mon Dieu, j'aime cette ombre, où vous vous complaisez,
Où j'attends votre appel, vos célestes baisers.

LA SCIENCE IMPIE

L'HOMME, par son génie, a conquis l'univers
  Et, fou d'orgueil, il dit : « Je suis le seul prophète,
« Toute religion, de ma croyance, est faite,
« Dieu, s'Il existe, est loin, ses temples sont déserts. »

Et la croix rédemptrice, en des lieux très divers,
Est arrachée ! ô triste et sacrilège fête
Qui plonge, dans la nuit, l'immortelle interprète ;
Où va l'âme sans Dieu ? vers de sombres enfers.

La douleur, la misère ont des larmes farouches,
La science a forgé des ailes et des bouches,
De monstrueux poissons, des éthers destructeurs !

La mort peut se draper en des pourpres nouvelles,
Où trouver un soutien dans les dangers, les pleurs ?
Près du Christ, en montant aux cimes éternelles !

RENAISSANCE

Si votre corps languit, votre âme n'est pas morte,
O mon frère, elle vit, si bien, de telle sorte,
Qu'elle saura trouver, dans l'obscure langueur,
Un rayon, un espoir, une force, un bonheur !

Quand nous sommes vaillants et que la vie entraîne
Notre esprit conquérant, nous faisons, de la reine,
Une esclave docile et muette, elle suit
Nos désirs attirés, souvent, par ce qui nuit.

Quand la tente est trouée, on voit briller l'étoile,
Le ciel nous apparaît lumineux et sans voile ;
Dans la nuit sombre, on cherche un astre rayonnant,
Comme, dans le désert, le ruisseau murmurant ;

Et, sans nous attarder à plier notre tente,
Allons chercher ailleurs un abri qui nous tente ;
Notre âme le connaît, ce refuge secret,
Où la science humaine abdique et disparaît,

En laissant le champ libre et la première place,
Dans l'humble hôtellerie ou le riche palace,
A l'Artiste divin, Maître prestigieux
Qui rétablit le lien entre l'âme et les cieux.

Sur la route bénie, où la Charité passe,
La vanité s'oublie et tout orgueil s'efface ;
Un rayon de bonté descend du cœur des forts,
Pour guérir toute plaie ou de l'âme ou du corps ;

C'est le secret de Dieu, la sainte renaissance,
L'arme spirituelle et toute sa puissance,
C'est la victoire ! et l'âme, aigle des grands sommets,
Dit à son Créateur : « A Toi, je me soumets ! »

TABLE DES MATIÈRES

IMPRIMÉ

PAR

CRÉPIN-LEBLOND

A MOULINS